CB066776

NOS

Tradução e posfácio
ANA CAROLINA MESQUITA

VIRGINIA WOOLF

O VESTIDO NOVO

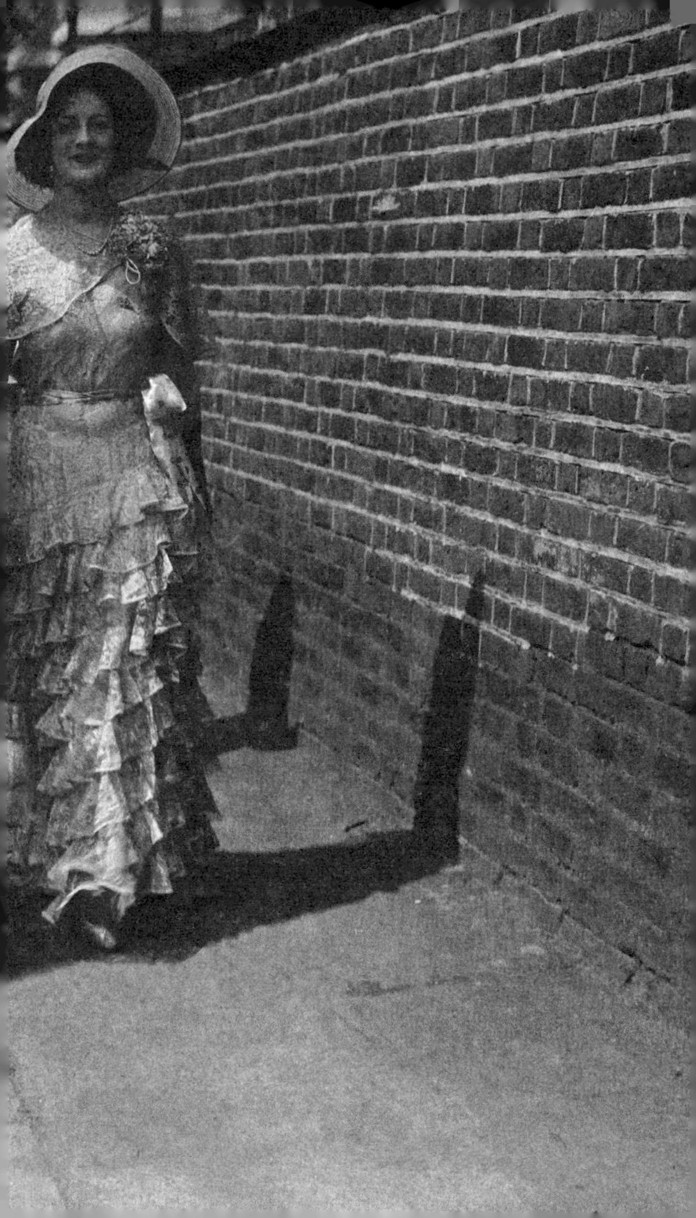

O VESTIDO NOVO

Mabel teve sua primeira suspeita séria de que algo estava errado quando tirou a capa e Mrs. Barnet, entregando-lhe o espelho e tocando as escovas, chamando desse modo sua atenção, talvez de modo incisivo, a todos os utensílios usados para arrumar e melhorar os cabelos, a compleição e as roupas que estavam sobre a penteadeira, confirmou sua suspeita – de que não estava bom, não muito, suspeita que aumentou ainda mais quando ela subiu as escadas, e tornou-se uma convicção ao cumprimentar Clarissa Dalloway, fazendo-a ir direto ao outro lado da sala, até um canto sombreado onde havia um espelho na parede, e olhar-se. Não! Não estava *nada bom*. E de súbito toda a tristeza que ela sempre tentara esconder, a profunda insatisfação – a sensação que tinha, desde criança, de ser inferior aos outros – abateu-se sobre ela, sem dó, implacável, com uma intensidade tal que ela seria incapaz de afastar lendo Borrow ou Scott, como fazia quando despertava em casa à noite; pois aqueles homens, ah, aquelas mulheres, estavam todos pensando – "Mas o que é isso que Mabel está vestindo? Que pavor! Que vestido novo mais horroroso!" – com as pálpebras estremecendo e em seguida fechando-se com força ao se aproximarem dela. Era a sua inadequação terrível; sua covardia; seu sangue ruim salpicado d'água, que a deprimiam. E de súbito o ambiente inteiro onde, por tantas horas, ela planejara com a modistazinha como seria, pareceu sórdido, repulsivo; e sua própria sala de estar, tão esmolambada, e ela mesma, saindo, inflada de vaidade ao tocar as cartas sobre a mesinha do corredor e dizendo: "Que tédio!" para se exibir – tudo isso agora parecia indiscutivelmente idiota, irrisório e provinciano. Tudo isso se destroçou, explodiu, ficou exposto, assim que ela pôs o pé na sala de estar de Mrs. Dalloway.

O que ela pensara na tarde em que, sentada cuidando das xícaras de chá, chegou o convite de Mrs. Dalloway, foi, é claro, que era impossível estar na moda. Era absurdo sequer fingir algo do gênero – moda significava corte, significava estilo, significava no mínimo trinta guinéus –, mas por que não ser original? Por que não ser ela mesma, enfim? E, levantando-se, apanhara o velho livro da sua mãe, um livro da moda de Paris na época do império, e pensando como naqueles tempos elas eram mais belas, mais dignas e mais femininas, decidiu – ah, quanta tolice – tentar ser como elas, chegando até mesmo a se gabar de ser modesta e antiquada, e charmosíssima, entregando-se, disso não havia dúvida, a uma orgia de amor-próprio que merecia ser repreendida, e por isso vestira-se daquele jeito.

Mas não ousava olhar-se no espelho. Era incapaz de enfrentar o completo horror – o vestido de seda amarelo-claro, ridiculamente antiquado, com sua saia comprida e as mangas altas e a cintura e todas as coisas que pareciam tão charmosas no livro de moda, mas não nela, não no meio de todas essas pessoas comuns. Sentiu-se como um manequim de modista, ali parada para que as jovens lhe espetassem alfinetes.

"Mas minha querida, está um perfeito encanto!", disse Rose Shaw, olhando-a de alto a baixo com aquele beicinho satírico que ela já esperava – Rose que sempre se vestia no auge da moda, precisamente igual a todo mundo.

Somos como moscas tentando se arrastar pela beirada do pires, pensou Mabel, e repetiu a frase como se fizesse o sinal da cruz, como se tentasse encontrar um feitiço para anular a dor, tornar suportável aquela agonia.

Trechos de Shakespeare, frases de livros que ela tinha lido tempos atrás, vinham-lhe de repente quando estava em agonia, e ela as repetia sem parar. "Moscas tentando se arrastar", repetiu.[1] Se pudesse dizer aquilo o suficiente e obrigar-se a enxergar as moscas, tornaria-se anestesiada, gélida, muda, congelada. Agora conseguia ver moscas arrastando-se lentamente para fora de um pires de leite com as asas grudadas uma na outra; e esforçou-se ao máximo (diante do espelho, ouvindo Rose Shaw) para se tornar como Rose Shaw e todas as outras pessoas ali, como moscas tentando içar-se para fora de alguma coisa, ou para dentro de alguma coisa, moscas minguadas, insignificantes, esforçadas. Mas não conseguia enxergá-las assim, não as outras pessoas. Era a si mesma que assim enxergava – ela era uma mosca, mas os outros eram libélulas, borboletas, belos insetos, dançando, tremulando, deslizando, enquanto somente ela se arrastava para fora do pires. (A inveja e o despeito, os mais detestáveis dos vícios, eram seus principais defeitos.)

"Sinto-me como uma mosca velha desmazelada, decrépita, horrorosamente esfarrapada", disse, fazendo Robert Haydon parar somente para ouvi-la dizer aquilo, somente para reanimar a si mesma restaurando uma pobre frase covarde e assim demonstrar o quanto era desprendida, o quanto era espirituosa, a ponto de não se sentir nem um pouco de fora das coisas. E, é claro, Robert Haydon respondeu algo de modo bastante educado, bastante insincero, que ela captou no mesmo instante, e disse a si mesma tão logo ele se afastou (novamente algo extraído de um livro): "Mentiras, mentiras, mentiras!"[2] Pois uma festa ou torna as coisas muito mais reais, ou muito menos reais, pensou ela; viu num lampejo até o fundo do coração de Robert Haydon; viu tudo. Viu a verdade. A verdade era *isto*, esta sala de estar, este ser, o outro era falso. O pequeno ateliê de Miss Milan era, na verdade, terrivelmente quente, abafado, sórdido. Fedia a roupas e repolho cozido; e no entanto, quando Miss Milan segurou o espelho de mão e ela olhou para si mesma no vestido acabado, uma felicidade extraordinária atravessou seu coração. Coberta de luzes, ela deu um salto para a existência. Livre das preocupações e das rugas, ali estava o que sonhara para si mesma – uma linda mulher. Por um instante apenas (ela não ousara olhar por mais tempo, Miss Milan desejava saber qualquer coisa sobre o comprimento da saia), olhara para ela, emoldurada pelo mogno ondulesco,[3] uma encantadora garota cinza-esbranquiçada, sorrindo misteriosamente, a essência de si mesma, a sua alma; e não foi apenas por vaidade, por amor-próprio, que ela a julgou boa, terna e sincera. Miss Milan disse que a saia não poderia ser mais comprida; se tinha de ser diferente, disse Miss Milan, franzindo a testa, era mais curta, isso sim; e ela súbita, sinceramente, sentiu-se encher de amor por Miss Milan, gostou mais, mas muito mais de Miss Milan que qualquer outra pessoa neste mundo, e poderia ter chorado de piedade por ela ter de arrastar-se pelo chão com a boca cheia de alfinetes, o rosto vermelho e os olhos saltados – por aquele ser humano ter de fazer aquilo por outro, e viu todos eles meramente como seres humanos, e a si mesma indo para sua festa, e Miss Milan pondo a capa na gaiola do canário, ou deixando que ele apanhasse uma semente de cânhamo de entre seus lábios, e a ideia disso, desse lado da natureza humana, de sua paciência e sua resiliência e seu contentamento com uns prazeres tão pequenos, míseros, escassos e sórdidos, encheu seus olhos de lágrimas.

Mas agora tudo aquilo se esvanecera. O vestido, o ambiente, o amor, a piedade, o espelho ondulesco e a gaiola do canário – tudo esvanecera, e ali estava ela, em um canto da sala de estar de Mrs. Dalloway, sofrendo torturas, desperta para a realidade.

Mas como era desprezível, covarde e mesquinho preocupar-se daquele jeito, na idade dela e com dois filhos, depender de forma absoluta das opiniões alheias e não ter princípios nem convicções, ser incapaz de dizer, como as outras pessoas diziam, "Eis Shakespeare! Eis a morte! Somos todos gorgulhos num biscoito duro"[4]– ou seja lá o que as pessoas diziam mesmo.

Encarou-se no espelho; ajeitou algo no ombro esquerdo; e atirou-se para o interior da sala como se tivessem arremessado lanças de todos os lados sobre o seu vestido amarelo. Mas em vez de parecer indômita ou trágica, como teria feito Rose Shaw – Rose pareceria uma Boadiceia[5] –, assumiu um ar tolo e acanhado, sorriu sem graça como uma colegial e rastejou pela sala, sim, esgueirou-se, como um vira-lata espancado, e olhou para um quadro, uma gravura. Como se alguém fosse a uma festa para olhar um quadro! Todos sabiam por que estava fazendo aquilo – por vergonha, por humilhação.

"Agora a mosca está no pires", disse a si mesma, "bem no meio, e não consegue sair, e o leite", ela pensou, olhando rigidamente para o quadro, "deixou suas asas grudadas."

"Como é antiquado", disse ela para Charles Burt, fazendo-o parar (coisa que ele odiava) a caminho de ir conversar com outra pessoa.

Ela se referia, ou tentava se convencer de que se referia, ao quadro, e não ao seu vestido como sendo antiquado. E uma palavra elogiosa, uma palavra afetuosa de Charles teria feito toda a diferença para ela naquele momento. Se ele tivesse dito "Mabel, como você está encantadora esta noite!", sua vida teria mudado. Mas, por outro lado, ela deveria ter sido sincera e direta. Charles não disse nada do gênero, é claro. Ele era a malícia em pessoa. Sempre enxergava através das pessoas, especialmente se estivessem se sentindo particularmente mal, desprezíveis ou tolas.

"Mabel arrumou um vestido novo!", disse ele, e a pobre mosca foi absolutamente enxovalhada para o meio do pires. Ele gostaria mais era que ela se afogasse, disso tinha certeza. Não tinha coração, nem bondade interior, apenas um verniz de cordialidade. Miss Milan era muito mais real, muito mais bondosa. Ah, se pudéssemos nos agarrar a esse sentimento, sempre! "Por que", perguntou a si mesma – respondendo a Charles – com atrevimento demais, deixando-o ver que estava irritada, ou "melindrada", como dizia ele ("Hmm, melindrada?", disse ele, e foi rir da cara dela com uma mulher no canto) – "Por que", ela perguntou a si mesma, "não consigo sentir a mesma coisa sempre, a certeza de que Miss Milan está certa e Charles errado, e me agarrar a isso, ter certeza quanto ao canário e a piedade e o amor, e não ser chicoteada por todos os lados num segundo quando entro numa sala cheia de gente?" Era mais uma vez seu caráter odioso, fraco, vacilante, sempre cedendo no momento crucial e não se interessando muito por conquiologia, etimologia, botânica, arqueologia, cortando batatas e observando-as frutificarem, como Mary Dennis, como Violet Searle.

Então Mrs. Holman, vendo-a ali parada, avançou sobre ela. Logicamente que algo como um vestido situava-se abaixo da percepção de Mrs. Holman, cuja família estava sempre descendo as escadas aos trambolhões ou acometida de escarlatina. Por acaso Mabel sabia se seria possível alugar Elmthorpe em agosto e setembro? Ah, era uma conversa que a entediava inenarravelmente! –, enfurecia-a ser tratada como corretora imobiliária ou garoto de recados, ser usada. Não ter valor, era isso, pensou, tentando agarrar-se a alguma coisa sólida, alguma coisa real, enquanto tentava responder com sensatez sobre o banheiro e o lado sul e a água quente na parte superior da casa; e todo o tempo enxergava pedacinhos de seu vestido amarelo no espelho redondo que reduzia todos ao tamanho de botões de bota ou girinos; e pensar que tanta humilhação e agonia e autodepreciação e esforço e entusiasmados altos e baixos emocionais cabiam numa coisa do tamanho de uma moeda de três *pence*! E o mais estranho é que a tal coisa, a tal Mabel Waring, estava à parte, desconectada; e embora Mrs. Holman (o botão preto) estivesse se inclinando para a frente para dizer que o mais velho tinha forçado demais o coração correndo, ela podia vê-la também, bastante destacada no espelho, e era impossível que o ponto preto, inclinado para a frente, gesticulando, pudesse fazer o ponto amarelo, sentado solitário e autocentrado, sentir o que o ponto preto estava sentindo, embora ambos assim fingissem.

"É impossível manter os meninos quietos" – era o tipo de coisa que se dizia.

E Mrs. Holman, para quem a simpatia recebida nunca bastava e que arrebatava o pouco que houvesse cheia de ganância, como se fosse um direito seu (apesar de merecer muito mais, prova é que sua filhinha apareceu com a junta do joelho inchada esta manhã), aceitou aquela oferta miserável e a olhou desconfiada, de má vontade, como se fosse uma moeda de meio centavo quando deveria ser uma libra, e a guardou na bolsa, precisava conformar-se, por mais parca e mísera que fosse, pois os tempos eram difíceis, muito difíceis; e continuou falando, a rangente e magoada Mrs. Holman, sobre a menina de juntas inchadas. Ah, como era trágica essa ganância, esse clamor dos seres humanos, como um bando de cormorões gritando e batendo as asas em busca de simpatia – seria trágico, caso se pudesse realmente sentir aquilo, e não simplesmente fingir sentir!

Mas nesta noite, em seu vestido amarelo, ela não era capaz de espremer nem mais uma gota; queria tudo, tudo para si. Sabia (continuou olhando para o espelho, mergulhando naquela poça azul assustadoramente reveladora) que fora condenada, desprezada, abandonada em águas estagnadas, por ser como era, uma criatura fraca e vacilante; e pareceu-lhe que o vestido amarelo era uma penitência que merecera, e que se estivesse trajando algo como Rose Shaw, num adorável verde colante com penas de cisne, mereceria isso também; e pensou que para ela não havia saída – absolutamente nenhuma. Mas, no fim das contas, não era apenas culpa sua. Era de vir de uma família de dez; de nunca haver dinheiro suficiente, numa eterna economia e corte de despesas; a mãe carregando latões e o linóleo gasto nas quinas das escadas, e uma tragediazinha doméstica sórdida atrás da outra – nada catastrófico, a fazenda de carneiros indo mal, porém não completamente; o irmão mais velho casando-se com alguém inferior a ele, mas não muito – não havia nenhum romantismo, nada extremo, em nenhum deles. Esvaíam-se respeitavelmente em estâncias à beira-mar; neste exato momento em cada balneário havia alguma de suas tias dormindo numa pousada cujas janelas da frente não davam exatamente para o mar. Eram assim – precisavam sempre estreitar os olhos para mirar as coisas. E ela fizera o mesmo – era igualzinha às tias. Pois todos os seus sonhos de morar na Índia, de casar-se com algum herói como Sir Henry Lawrence, algum construtor de um império (ainda hoje a imagem de um nativo de turbante a enchia de romantismo), deram em nada. Casara-se com Hubert, com seu emprego subalterno, seguro e permanente, no tribunal de justiça, e eles se viravam como podiam em uma casa mais para pequena que para grande, sem boas criadas, e era guisado quando ela estava sozinha ou simplesmente pão com manteiga, mas de vez em quando – Mrs. Holman tinha ido embora, achando-a a magrela mais seca e antipática que já conhecera na vida, e ainda por cima ridiculamente vestida, e falaria a todo mundo da fantástica aparência de Mabel – de vez em quando, pensou Mabel Waring, agora sozinha no sofá azul, afofando a almofada para parecer ocupada, pois não se juntaria a Charles Burt e Rose Shaw, que tagarelavam como pegas-rabudas, talvez rindo dela junto à lareira – de vez em quando, deliciosos momentos vinham até ela, como na outra noite quando estava lendo na cama, ou à beira-mar, na areia, sob o sol na Páscoa – permita que ela se lembre – um grande tufo de vegetação marítima todo retorcido como um bando de lanças contra o céu, azul como um ovo liso de porcelana, tão firme, tão duro, e depois a melodia das ondas – "Shh, shh", diziam elas, e os gritos das crianças remando – sim, foi um momento divino, e ali ela estava deitada, assim sentiu, sobre a mão da Deusa que era o mundo; uma Deusa de coração um tanto empedernido, mas belíssima, um cordeirinho disposto no altar (essas coisas bobas vinham à cabeça da gente, mas não tinha importância, desde que não fossem ditas em voz alta). E também com Hubert ela às vezes tinha, de modo inesperado – ao destrinchar a perna de um cordeiro para o almoço de domingo, sem nenhum motivo, ao abrir uma carta, ao entrar numa sala –, divinos momentos, quando ela dizia a si mesma (pois jamais o diria para mais ninguém), "É isso. Isso aconteceu. É isso!" E o contrário era tão surpreendente quanto – isto é, quando estava tudo de acordo – a música, o clima, as férias, todos os motivos para a felicidade estavam presentes –, mas nada de mais acontecia. Não se sentia felicidade. Era tudo sem graça, simplesmente sem graça, e só.

Sem dúvida era seu caráter deplorável, de novo! Ela sempre foi uma mãe rabugenta, fraca, insatisfatória, uma esposa frouxa, que rastejava por aí numa espécie de existência crepuscular em que nada havia de muito claro nem de muito ousado, ou mais isso que aquilo, como todos os seus irmãos e irmãs, exceto talvez Hubert – eram todos as mesmas pobres criaturas com água nas veias, que não faziam nada. Então em meio a essa vida lenta, arrastada, de repente ela se via na crista da onda. A mosca deplorável – onde tinha lido o conto que teimava em lhe vir à mente sobre a mosca e o pires? – conseguia sair. Sim, ela tinha esses momentos. Mas agora, aos quarenta, talvez se tornassem cada vez mais raros. Aos poucos ela cessaria de se esforçar. Mas isso era deplorável! Intolerável! Fazia com que sentisse vergonha de si mesma!

Iria à Biblioteca de Londres amanhã. Encontraria algum livro maravilhoso, útil, surpreendente, ao acaso, um livro escrito por um clérigo, por um americano de quem nunca ninguém tinha ouvido falar; ou caminharia pela Strand e entraria, sem querer, num salão onde um mineiro contava sobre a vida nas minas, e de súbito se tornaria uma nova pessoa. Usaria um uniforme; seria chamada de Irmã Fulana; jamais voltaria a dar a mínima para roupas. E para todo o sempre teria absoluta certeza quanto a Charles Burt e Miss Milan, e esta sala e aquela; e tudo seria sempre, dia após dia, como se estivesse deitada sob o sol ou destrinchando uma perna de cordeiro. Assim seria!

Portanto levantou-se do sofá azul, e o botão amarelo no espelho levantou-se também, e acenou para Charles e Rose para mostrar que não dependia deles para nada, e o botão amarelo saiu do espelho, e todas as lanças se reuniram na frente do seu peito quando ela caminhou na direção de Mrs. Dalloway e disse "Boa noite".

"Mas ainda está tão cedo para ir embora", disse Mrs. Dalloway, que era sempre um encanto.

"Receio ter mesmo de ir", disse Mabel Waring. "Mas", acrescentou com sua voz fraca, frouxa, que só soava mais ridícula quando ela tentava firmá-la, "foi um imenso prazer."

"Foi um prazer", disse para Mr. Dalloway, com quem cruzou na escadaria.

"Mentiras, mentiras, mentiras", disse a si mesma, descendo as escadas, e "Direto no pires!", disse a si mesma ao agradecer

Mrs. Barnet por ajudá-la, envolvendo-se, volta após volta, na capa chinesa que vinha usando ao longo daqueles vinte anos.

POSFÁCIO

Em 1925, mesmo ano em que Virginia Woolf posa para a revista *Vogue* britânica trajando um vestido de festa (fora de moda) de sua mãe, com mangas bufantes, ela observa em seu diário: "Minha adoração por roupas interessa-me profundamente: mas não é adoração; & o que é ainda me resta descobrir." São diversos os trechos de seus diários e cartas em que ela retoma o que chama de seu "complexo das roupas", ou a "eterna & insolúvel questão das roupas": lamenta o fato de temer demais a opinião alheia acerca de um vestido, critica-se por ter comprado determinado chapéu e sido ridicularizada pelos amigos em um evento, parabeniza-se pela sua bela aparência em um novo pretinho ou recorre a palavras fortes como "infelicidade, horror: dor irracional: sensação de fracasso" ao comprar um vestido novo. Virginia se vê mortificada e ao mesmo tempo fascinada pelo mundo da moda, desprezando-o e simultaneamente ansiando dele fazer parte. Prova é que saiu algumas vezes para comprar roupas com a ajuda de Dorothy Todd, então editora da *Vogue*, e que em certa ocasião chegou a encomendar um vestido de alta-costura à estilista Nicole Groult, comentando que, se esta a vestisse sempre, teria tempo para escrever um novo livro.

Vê-se nessa anedota a cisão conflituosa entre a dedicação ao intelecto e a dedicação a aparentes futilidades, como vestir-se bem. Se, por um lado, trata-se de uma reencenação da velha oposição corpo-espírito, ou matéria-essência, não se pode esquecer por outro de que está atrelada à revolta contra a obrigação de se vestir e se portar segundo os ideais femininos da sociedade vitoriana, coisa que ela precisou fazer quando jovem. Virginia enxerga a violência histórica contra as mulheres que é executada por meio das vestimentas, bem como a tortura do dever de serem um objeto encantador para a visão masculina, o que as priva do direito de se constituírem pessoas com opiniões próprias e as reduz a uma feminilidade imposta e performada. Ela constata o apelo comercial da moda como uma força poderosa que padroniza indivíduos e opera para consolidar as hierarquias sociais. Porém, ao mesmo tempo, sente o prazer sensual de vestir-se e reconhece, nas roupas, o potencial de um veículo de expressão libertador e transformador. Há em Virginia Woolf um grande deleite pela cultura material – um deleite que não é apenas sensorial, mas artístico.

Sendo uma escritora preocupada com tudo o que envolve a representação na literatura, e a quem interessam especialmente as fronteiras entre artifício e natureza, as roupas caracterizam em sua obra, de modo ambivalente, uma metáfora e um reflexo dessas questões. E é esse o caso no conto "O vestido novo".

Escrito em 1924, enquanto Virginia redigia *Mrs. Dalloway*, trata-se de um dos sete contos que abordam a festa de Clarissa Dalloway. Woolf os escreveu para servirem de partes do seu famoso romance (que depois foram descartadas) ou como histórias independentes. Alguns foram criados de modo concomitante ao romance, enquanto outros vieram depois. Trata-se de um movimento atípico de sua parte, aliás, posto que ela adotava uma espécie de jejum criativo após concluir seus romances. Isso, por si só, indica a extensão do envolvimento de Virginia com o tema da festa.

Em "O vestido novo", o foco são as percepções e pensamentos de uma das convidadas de Mrs. Dalloway, Mabel Waring. A tônica do conto evidencia-se já nesse sobrenome, cuja pronúncia equivale à da palavra "wearing", gerúndio do verbo *vestir-se*, em inglês. Mabel se vê dividida entre a ansiedade de ser aceita pela classe social superior da anfitriã e o desejo de não ser "precisamente como todos os outros", de ser "original". Seu desejo, contudo, não vem de um lugar genuíno, mas de um constrangimento social. Como estar na moda era algo fora do seu alcance, pois significava "no mínimo trinta guinéus", restava-lhe apenas a opção de ser "ela mesma" – algo que acaba por se verificar conflituoso. Num ato de ousadia, Mabel resolve ir à festa com um modelo demodê copiado de um antigo livro de moda da sua mãe – porém, com esse gesto, ela colhe não os elogios que tanto esperava pela sua originalidade, e sim o ridículo.

Simbolizado pelo vestido amarelo, o deslocamento que Mabel experimenta ao longo do conto não se refere apenas à moda (ao estar fora do que é próprio de seu tempo), mas é antes de tudo social (estar fora do ambiente que lhe cabe). É aí que o vestido entra como metáfora e que Virginia Woolf obtém um terreno magnífico para explorar a natureza de festas como a da grande dama da sociedade Clarissa Dalloway. Em vez de vivenciar o esplendor e a sofisticação prometidos pelo evento, Mabel enxerga a comemoração sob a ótica da afetação e da hipocrisia. Ela vê uma reunião de pessoas imersas em emoções como inveja, ansiedade por agradar, desespero e esnobismo, maldisfarçadas sob as convenções refinadas. E o horror é que isso, para ela, aparece-lhe como sendo a verdade ("a verdade era *isto*, esta sala de estar"), em vez do júbilo da sensação de estar viva, que ainda experimentava sem explicação em algumas situações. Isso porque Mabel ao mesmo tempo deseja e despreza o que seu vestido lhe traria caso sua escolha de vestuário tivesse dado certo: a aceitação social, que a tornaria tão afetada e "pouco original" quanto os outros.

Woolf habilmente constrói, assim, uma espécie de epifania ao contrário. Depois de nos oferecer um momento epifânico tradicional – em que na saleta de provas da sua modista Mabel enxerga a essência de si mesma, descolada das convenções, e "dá um salto para a existência" –, vem a violência da revelação, na festa: a certeza que tinha desde criança de "ser inferior aos outros", de ser uma mosca insignificante e esforçada, enquanto os outros eram belos insetos, libélulas, borboletas.

Virginia usa diversas vezes a imagem da mosca com asas molhadas como um símbolo da subjetividade de Mabel sob humilhação, reforçando-a com outras duas imagens: a do vira-lata espancado e a da sensação que ela tem de receber lanças atiradas em seu vestido ao entrar no salão de Mrs. Dalloway.

As duas imagens de animais impotentes – a mosca incapaz de voar, o cão vagabundo agredido – contrastam com a sensibilidade da mulher que apesar da origem humilde, tornou-se leitora de Shakespeare, e que ao se ver socialmente humilhada, anseia ir à Biblioteca de Londres ou usar um hábito de freira, sem jamais precisar importar-se com roupas.

Esses contrastes reencenam a mencionada assimetria entre materialidade e espírito, aparência e essência, exterior e interior, abordada e posta em questão em tantas obras de Virginia Woolf. Por mais que *pare-*

çam futilidades vãs, "as roupas possuem, é o que dizem, funções mais importantes do que simplesmente nos aquecer. Elas mudam nossa visão a respeito do mundo e a visão do mundo a nosso respeito", diz o narrador-biógrafo no romance *Orlando*. Mabel, personagem construída três anos antes, sofre e se sente desprezível por, no íntimo, ver-se como mais uma pessoa entre muitas, por "depender de forma tão absoluta das opiniões alheias e não ter princípios nem convicções", mesmo intuindo que também seja capaz de experimentar de forma própria e única o enlevo de estar no mundo.

NOTAS

1 Provável referência ao conto "A mosca", de Katherine Mansfield, onde há uma mosca a se debater, ou ao conto "O duelo", de Anton Tchékhov, conforme observado por Susan Dick na sua edição dos contos completos de Virginia Woolf. [N. T.]
2 Do conto "O duelo", de Anton Tchékhov. [N. T.]
3 No original, "scrolloping", palavra cunhada por Woolf e que ela usou em diversas ocasiões (talvez a mais célebre tenha sido em *Orlando*). Aparentemente se trata de uma mistura de "scroll" e "lollop", para descrever algo ondeante em aparência ou movimento, ou extremamente ornamentado. Aqui, a palavra inventada em português, "ondulesco", mistura "ondulante" e "arabesco". [N. T.]
4 "Captain's biscuits" ou "ship's biscuits" são biscoitos que no século XVIII eram consumidos pelas tripulações dos navios, e mais tarde

se difundiram e tornaram-se semelhantes aos *biscuits* ingleses tradicionais – embora ainda conservem uma textura mais dura e seca. [N. T.]

5 Boadiceia foi a rainha de uma antiga tribo de bretões. Ela liderou uma rebelião contra os romanos, foi derrotada e suicidou-se. [N. T.]

NOTA SOBRE A TRADUTORA

Ana Carolina Mesquita, tradutora, é doutora em Letras pela Universidade de São Paulo (USP) e autora da tese que envolveu a tradução e análise dos diários de Virginia Woolf. Foi pesquisadora visitante na Columbia University e na Berg Collection, em Nova York, onde estudou modernismo britânico e trabalhou com os manuscritos originais dos diários. É dela também a tradução do ensaio *Um esboço do passado* (2020), bem como de *A morte da mariposa* (2021), *Pensamentos de paz durante um ataque aéreo* (2021), *Sobre estar doente* (2021, cotradução com Maria Rita Drumond Viana), *Diário I*, 1915–1918 (2021), *Diário II*, 1919–1923 (2022), *Diário III*, 1924–1930 (2023), todos publicados pela Editora Nós.

Dados Internacionais de Catalogação na Publicação (CIP)
de acordo com ISBD

W913v
Woolf, Virginia
   O vestido novo / Virginia Woolf
   Título original: *The New Dress*
   Tradução: Ana Carolina Mesquita
   São Paulo: Editora Nós, 2023
   48 pp.

ISBN: 978-85-69020-74-5

1. Literatura inglesa. 2. Contos. I. Mesquita, Ana Carolina.
II. Título.

	CDD 823
2023-1280	CDU 821.111

Elaborado por Odilio Hilario Moreira Junior, CRB-8/9949

Índice para catálogo sistemático:
1. Literatura inglesa: Contos 823
2. Literatura inglesa: Contos 821.111

© Editora Nós, 2023

Direção editorial SIMONE PAULINO
Coordenação editorial RENATA DE SÁ
Assistente editorial GABRIEL PAULINO
Revisão ALEX SENS
Projeto gráfico BLOCO GRÁFICO
Assistente de design STEPHANIE Y. SHU
Produção gráfica MARINA AMBRASAS
Assistente de marketing MARIANA AMÂNCIO DE SOUSA
Assistente comercial LIGIA CARLA DE OLIVEIRA

Imagem de capa e pp. 4–5:
Vestidos de verão no Lord's, estádio de críquete,
julho de 1932. © Smith Archive / Alamy Stock Photo

Texto atualizado segundo o novo
Acordo Ortográfico da Língua Portuguesa.

Todos os direitos desta edição reservados à Editora Nós
Rua Purpurina, 198, cj 21
Vila Madalena, São Paulo, SP | CEP 05435-030
www.editoranos.com.br

Fontes GALAXIE COPERNICUS, TIEMPOS
Papel PÓLEN BOLD 90 g/m²
Impressão MUNDIAL